HISTOIRE

DES

HEURES PARISIENNES

Imp. Gauthier-Villars, 55, quai des Grands-Augustins.

R. Valentin
Alfred Delvau
imp. C. Delâtre

HISTOIRE

DU LIVRE D'ALFRED DELVAU

INTITULÉ

HEURES PARISIENNES

ACCOMPAGNÉE DE

TROIS LETTRES D'ALFRED DELVAU

D'un beau portrait de Delvau, gravé à l'eau-forte par

H. VALENTIN

ET SUIVIE DE LA RÉIMPRESSION DES

Sept cartons de textes supprimés par un censeur occulte

PLACÉS EN REGARD DES

TEXTES SUBSTITUÉS

PARIS

LIBRAIRIE CENTRALE

9, RUE DES BEAUX-ARTS

1872

HISTOIRE

DU LIVRE D'ALFRED DELVAU

INTITULÉ

HEURES PARISIENNES

I

C'est en 1864 qu'Alfred Delvau me proposa la publication des *Heures parisiennes*, avec le concours d'Emile Bénassit, jeune aqua-fortiste plein de talent, d'esprit et d'imagination.

Vingt-cinq planches furent commandées à Bénassit, qui les composa, les dessina et les grava pendant que Delvau écrivait le texte.

Deux années furent consacrées à ce double travail.

Le volume était donné à imprimer à M. Jouaust

au mois de février 1866, et Delâtre commençait le tirage des planches.

Comme je connaissais de longue main, pour en avoir souffert, les exigences du bureau chargé du visa des estampes, surtout depuis qu'on l'avait placé quai des Orfévres, 26, dans le service de la Préfecture de police, et sa manie d'exercer même sur les textes des livres à gravures sa censure préventive; — comme je savais, à n'en pas douter, que Delvau et moi nous avions l'honnéur de compter dans ce bureau quelques ennemis, tous deux comme républicains non ralliés à l'Empire, Delvau particulièrement pour avoir été attaché, je crois, au cabinet de Ledru-Rollin en 1848, moi pour avoir eu l'audace de me révolter contre la tyrannie bureaucratique et le bonheur d'être toujours absous par le Parquet à la suite des diverses dénonciations administratives portées contre moi, — je recommandai à l'imprimeur Delâtre de faire viser chacune des planches à mesure qu'il la tirerait, en en déposant des exemplaires sur grand papier, et de se faire ainsi délivrer séparément les vingt-cinq autorisations. Une fois ces vingt-cinq autorisations obtenues, je n'avais qu'à intercaler mes vingt-cinq gravures dans mon volume, et, le texte de la loi à la main, appuyé même sur la jurisprudence du Parquet, je pouvais braver les exigences du bureau.

Le 15 mai, le volume était prêt : 200 exemplaires d'amateur sur papier de Hollande, gravures sur chine avant la lettre, et 500 exemplaires sur blanc, étaient brochés et prêts à être livrés au commerce. Le dépôt légal était fait. L'auteur avait reçu son contingent de volumes à distribuer aux journaux, et plusieurs articles avaient paru. L'ouvrage était fort demandé; le succès était certain. Delvau était parti bien tranquille pour Vichy, où il rédigeait un journal pendant la durée de la saison des eaux.

Avant de mettre en vente, je me rendis chez Delâtre pour lui commander un nouveau tirage des vingt-cinq planches et prendre les vingt-cinq autorisations qu'il devait s'être fait délivrer.

Delâtre m'avoua qu'il n'avait jugé nécessaire de faire viser séparément que huit planches, celles seulement où figuraient des femmes, les autres ne pouvant donner lieu à aucune difficulté.

Je pressentis un malheur; néanmoins, je résolus de mettre en vente le surlendemain, lundi de la Pentecôte, et, comme il était trop tard pour obtenir un visa le jour même, je recommandai à Delâtre d'aller faire autoriser les dix-sept autres gravures dès le lundi matin à l'ouverture des bureaux.

Mais j'avais oublié que si la justice marche d'un pied boiteux, la censure administrative a des ailes à ses ciseaux et sait, comme l'oiseau de proie, aller d'un vol rapide au-devant de ses victimes pour leur intercepter la liberté des airs.

Rentré chez moi, je reçus dans la soirée la visite de M. Jouaust. Il venait m'annoncer que le bureau du visa s'opposait à la mise en vente du volume avec gravures, et que j'étais invité à me rendre à ce bureau le mardi matin pour éviter une saisie. Les employés chômaient le lundi de la Pentecôte.

Le mardi donc, je me rendis au quai des Orfévres. Je fus reçu par M. de Sannois, sous-chef, qui m'accueillit le sourire aux lèvres.

« Vous avez donc voulu nous jouer un tour, me dit-il d'un ton goguenard. Vous avez fait envoyer au visa des gravures sur grand papier sans nous prévenir qu'elles étaient destinées à figurer dans un volume; heureusement nous avons été prévenus à temps, et nous vous tenons.

— Que parlez-vous de tour, monsieur? répondis-je assez sèchement, je ne joue pas de tours à l'administration ; je fais des affaires ; j'use de mon droit, et voilà tout. La loi ne m'oblige pas à vous prévenir.

— Vous savez bien que nous ne *voulons* pas autoriser de gravures dans des volumes sans connaître les textes.

— Qu'importe votre volonté, si elle n'est pas conforme aux prescriptions de la loi?

— Il n'y a pas à discuter; la vente de votre volume des *Heures parisiennes* est interdite.

— Pour quel motif me refusez-vous l'autorisation de publier les dix-sept gravures non encore visées?

— Nous n'avons pas de compte à vous rendre et d'ailleurs aucune de vos gravures n'est autorisée.

— Mais les huit visas que j'ai vus...

— Bah! nous avons fait venir votre imprimeur ce matin, et nous lui avons repris ces huit autorisations.

— Et de quel droit, je vous prie? Ces huit autorisations étaient ma propriété; je ne comprends pas qu'il vous les ait rendues; il n'en avait pas le droit. »

M. de Sannois se prit à rire et répondit d'un ton sardonique :

« Votre propriété! pas le droit! Est-ce que nous ne tenons pas tous les imprimeurs d'estampes dans la main? Est-ce qu'ils n'ont pas à chaque instant besoin de notre indulgence pour des contraventions de peu d'importance, qu'ils commettent journellement, et sur lesquelles nous voulons bien parfois fermer les yeux? »

Alors s'engagea une longue discussion sur la question de savoir si, comme je le soutenais, l'éditeur était seul responsable en matière d'estampes et d'emblèmes, ou si l'imprimeur avait sa part de responsabilité. Plusieurs employés du bureau prirent part à cette discussion, et tous combattirent mon opinion. Faute de trouver, dans le bureau où s'appliquaient journellement une loi et une jurisprudence si désastreuses souvent pour la réputation des auteurs et pour la fortune des éditeurs et des imprimeurs, soit un commentaire, soit le texte même des lois, arrêtés et circulaires relatifs à la matière, il fut impossible de nous mettre d'accord et... sur l'invitation de M. de Sannois, je montai au bureau de M. Juillerat, chef de ce service de censure.

Je connaissais depuis longtemps M. Juillerat comme confrère de la Société des gens de lettres ; il m'avait toujours témoigné beaucoup de sympathie dans le temps où il écrivait des volumes de poésies, des romans et des pièces de théâtre, et où je tenais la plume de critique dans quelques feuilles littéraires, époque du reste où je n'avais affaire à lui que comme auteur.

Il m'accueillit avec une grande bienveillance de ton comme éditeur ; seulement il prétendit, comme son sous-chef, que j'avais voulu ruser avec l'administration, et soutint le prétendu droit du bureau du visa de n'autoriser les estampes destinées à être placées dans des livres qu'après examen du texte même des livres dans lesquels elles devaient figurer.

Enfin il m'apprit une nouvelle que j'étais loin de soupçonner : l'autorisation ne pouvait être accordée

aux gravures des *Heures parisiennes,* parce que le
texte du livre avait été signalé

COMME EXCITANT A LA DÉBAUCHE.

Je souligne ces mots avec intention, parce qu'ils
urent le refrain qui fut opposé, trois mois durant,
comme fin de non-recevoir, à toutes les réclamations,
à toutes les sollicitations dont cet ouvrage fut
l'objet.

Et, comme j'affirmais à M. Juillerat que le texte
ainsi stigmatisé était d'une innocence à trouver grâce
même devant la commission de colportage, il me
conseilla de soumettre le livre à cette commission,
en ajoutant que, si j'obtenais l'estampille du colportage, sa responsabilité se trouvant dégagée, il pourrait m'accorder son visa sans craindre de compro-
mettre le ministre qu'il représentait.

IV

J'écrivis immédiatement à Delvau, qui était à Vichy. Je prévins Bénassit, qui se fit fort, grâce à ses relations avec Alphonse Daudet et M. Welles de la Valette, beau-fils du ministre de l'intérieur, d'obtenir aisément la levée de l'interdit. Je lui remis plusieurs exemplaires d'*amateur* destinés à appuyer et à faciliter les démarches, et j'allai moi-même en déposer deux au bureau de la commission de colportage.

Mon ami M. Jules de Saint-Félix les reçut, admira avec moi l'originalité des gravures, et, comme je lui exposai mon cas, il m'assura que, loin d'indisposer la commission, ce luxe d'édition ne pourrait que m'attirer ses sympathies. Il me fit même espérer une prompte solution.

Pendant que j'attendais cette solution et le résultat des démarches de Bénassit, je reçus d'Alfred Delvau la lettre suivante :

Vichy, 10 juin

Où en sommes-nous des Fleurs, mon cher
Lemer ? Le livre est-il toujours accroché ?
Vos efforts et la démarche de Benassit
ont-ils abouti ? Je ne sais rien et
voudrais bien savoir. Je n'ose pas faire
de réclames dans les journaux d'ici, de
peur qu'elles ne soient inutiles.

Éclairez-moi, éclairez-moi vite,
que je sache à quoi m'en tenir.
Bien à vous
Alfred Delvau

Au Casino de Vichy
(Allier)

—

M. Julien Lemer, Librairie Centrale
Boulevard des Italiens.

Après trois semaines environ d'attente, j'appris enfin que les sollicitations de Bénassit avaient été inutiles et que la commission de colportage me refusait son estampille sans même qu'un rapporteur se fût donné la peine de lire l'ouvrage.

La même fin de non-recevoir avait été opposée à Bénassit et avait servi à dispenser la commission de colportage de toute lecture et de toute enquête; le livre était signalé

COMME EXCITANT A LA DÉBAUCHE.

V

Atterré par cette déclaration et curieux de savoir sur quoi elle se fondait, je me résignai à revoir M. Juillerat, dans l'espoir que je pourrais obtenir de lui, sinon l'indication de la marche à suivre pour arriver à la mise en vente de mon édition, tout au moins un renseignement quelconque sur l'origine de cette condamnation inexplicable pour moi. L'intérêt pécuniaire de l'éditeur se compliquait en moi de la curiosité du lettré, du philosophe, désireux d'observer sur le vif un phénomène rare, le critérium d'un censeur moraliste.

Je fis part à M. Juillerat du refus de la commission de colportage; il ne me laissa pas achever et m'arrêta par ces mots :

« Cela ne me surprend pas; il était impossible qu'on favorisât par l'estampille du colportage, qu'on se donnât même la peine de lire un livre signalé

COMME EXCITANT A LA DÉBAUCHE.

— Mais, répondis-je, ne pourrait-on m'indiquer les passages coupables ? Car j'ai lu l'ouvrage en ma-

.2

nuscrit et en épreuves avec la plus scrupuleuse attention; je n'y ai rien trouvé que l'œuvre d'un observateur humoristique des mœurs de Paris; dans plusieurs chapitres même, j'ai remarqué d'éloquentes et énergiques protestations flétrissant le vice et les mauvaises mœurs. Voilà tout ce que j'y ai vu, et je défie qu'on me montre autre chose.

— Ce n'est pas moi qui vous répondrai, me dit M. Juillerat. Je n'ai pas lu le livre; je n'ai pas le temps de le lire; mais il me suffit que le texte soit signalé comme immoral pour que je ne compromette pas la responsabilité du ministre que je représente en en facilitant la vente et la circulation par l'autorisation des gravures.

— Signalé, par qui? qui est-ce qui l'a lu? A qui puis-je m'adresser pour connaître les passages taxés d'immoralité?

— Ma foi, je n'en sais rien!

— Qui le saura alors? »

En cet instant un troisième personnage entrait dans le cabinet de M. Juillerat. Ce personnage était M. Edouard Fournier. Il venait annoncer à son collègue une grande nouvelle, qui devait avoir sur les destinées de la France une influence considérable, la nouvelle de la victoire remportée par la Prusse sur l'Autriche à Sadowa. Cette circonstance me remet en mémoire la date précise de cet entretien; il avait lieu le 6 juillet 1866.

Quelques mots de politesse furent échangés entre nous, et M. Edouard Fournier sortit.

Au moment où il passait la porte, je le regardai d'un air significatif et tournai ensuite les yeux du côté de M. Juillerat.

Celui-ci hocha la tête en me faisant un signe de dénégation.

Ce qui me faisait penser, ce qui faisait penser à Delvau que M. Edouard Fournier pouvait bien n'être pas étranger à la réprobation infligée aux *Heures parisiennes*, c'est que nous savions, à n'en pas douter, que ce personnage était chargé, en ce qui concernait les publications de librairie, d'une sorte de magistrature secrète; que sa mission, dans le bureau interlope qu'il occupait entre le ministère de l'intérieur et la préfecture de police, consistait à lire, le jour même où le dépôt légal s'opérait, les livres plus ou moins suspects à quelque titre que ce fût, soit en raison du nom de l'auteur, soit en raison des matières dont ils traitaient, et à signaler, dans un rapport, ceux qui lui paraissaient suscep-tibles d'être recommandés à la justice.

Nous savions bien qu'il était impossible de trouver quoi que ce fût dans le texte ou dans les gravures des *Heures parisiennes*, qui fût de nature à fournir même un prétexte à poursuites judiciaires. Mais nous savions aussi qu'à côté de la justice judiciaire, il y avait la justice administrative ou policière, justice d'autant plus terrible et qui frappe d'autant plus sûrement qu'elle procédait par l'arbitraire, prononçait ses arrêts sans appel, pouvait se dispenser de motiver ses verdicts et n'avait enfin à en rendre compte à personne. Une vraie justice à la turque, exercée par des eunuques littéraires, muets et masqués.

Cette visite de M. Fournier jeta un froid entre M. Juillerat et moi. Il y eut un instant de silence.

« Enfin, repris-je, je ne puis pourtant pas accepter une condamnation ainsi prononcée par un juge anonyme, ou qu'on refuse de me faire connaître; si le livre avait paru, je suis bien certain que les tribunaux ne l'auraient pas poursuivi. Pourquoi donc est-il ainsi l'objet d'une censure préventive ?

— Pas le moins du monde, répondit M. Juillerat. Nous n'exerçons aucune censure. Nous ne nous occupons pas du texte. Vous pouvez parfaitement publier votre livre sans gravures, puisque vous le jugez si innocent; il est possible qu'il ne soit pas saisi. Quant à moi, je n'aurai rien à y voir.

— Mais c'est toute ma combinaison de librairie manquée; l'ouvrage sera incomplet. Puisque vous n'avez pas à vous occuper du texte, jugez les gravures indépendamment de ce texte, et si vous les trouvez inoffensives, autorisez-les séparément; je les publierai à part; au besoin, refusez le visa à celles qui vous paraîtront douteuses.

— Oui-dà, pour que vous abusiez de notre complaisance !

— Eh bien ! si je mets le livre en vente sans gravures et s'il n'est pas poursuivi, l'innocence du texte étant ainsi établie, me promettez-vous au bout d'un mois de viser mes eaux-fortes ?

— Absolument impossible. Nous ne pouvons revenir sur notre décision. »

Le bureau des estampes a, on le voit, des *non possumus* non moins arbitraires et tout aussi absolus que ceux de la Cour de Rome.

Le ton de la conversation commençait à devenir un peu aigre. Je brisai là, en disant :

« Je vois bien que je n'ai plus d'espoir que dans un recours au ministre. »

Il me sembla que M. Juillérat, en entendant ces mots, me regardait en souriant.

Ce sourire, peut-être bienveillant, peut-être iro-
nique, signifiait-il que c'est folie que de compter sur
un recours à un ministre pour lutter contre l'omni-
potence de ses propres bureaux ?

En effet, la bureaucratie jouit chez nous d'une
puissance contre laquelle échouent toutes les autres.
Les ministres passent, les gouvernements s'effon-
drent, les dynasties montent dans le fiacre tradition-
nel, mais les bureaux restent et la bureaucratie se
redresse plus puissante et plus arrogante que jamais
au lendemain ou au surlendemain des boulever-
sements ministériels et des révolutions politiques.

Quoi qu'il en fût, j'adressai immédiatement une
demande d'audience à M. de la Valette, ministre
de l'intérieur.

En même temps j'écrivis à Delvau pour lui faire
part de ce qui s'était passé.

VI

A trois jours de là, je recevais du ministère de
l'intérieur une invitation à me présenter au cabinet
de M. de Saint-Paul, directeur du personnel, le lendemain même.

M. de Saint-Paul, à qui j'exposai mon cas le plus
brièvement possible, en exhibant une à une toutes

les planches de Bénassit et en lui affirmant que le texte était tout aussi charmant et aussi inoffensif que les gravures, convint qu'il n'y avait dans ces estampes rien d'offensant pour les mœurs ; il me dit que, quant au texte, il n'avait pas le temps de s'en assurer par lui-même, mais que, pour me prouver sa bienveillance, il allait charger de cette lecture un de ses chefs de service qui lui avait parlé de ma démarche en paraissant s'y intéresser vivement.

Ce chef de service était M. Aylic Langlé, alors directeur de la presse.

Pour le coup, je me frottai les mains et je crus ma cause gagnée.

J'allai trouver M. Langlé en sortant du cabinet de M. de Saint-Paul, et je lui remis un exemplaire des *Heures parisiennes*, en le priant de ne pas trop me faire attendre le résultat de sa lecture.

Pendant le délai qui s'écoula entre ce jour-là et mon retour chez M. Langlé, je reçus une seconde lettre de Delvau.

Ainsi qu'on le verra, ma lettre ne lui était pas parvenue, mais il avait su par Bénassit mon projet d'envoyer toute l'édition en Belgique et de la mettre en vente à Bruxelles, ainsi que j'avais fait pour *les Gens d'Église* de Marc Bayeux.

Voici cette lettre :

Je n'ai pas reçu votre lettre, mon cher
Lemer; mon concierge ayant ordre de
garder jusqu'à mon retour tout ce qui viendrait
en mon absence. Je croyais en partant vous
avoir donné mon adresse à Vichy.

Le livre est donc accroché? C'est incroyable.
Il faut que ce polisson de Fournier se soit senti
bien [...] atteint par mes plaisanteries
sur sa poésie et sur son Nom, — tous les deux
Mauvais. Mais M. Fournier n'est pas omnipo-
tent à ce point. Il a beau déclarer mon livre
immoral, cela ne prouve pas qu'il le soit. S'il
est immoral, qu'on le poursuive; s'il ne l'est
pas, qu'on le laisse circuler en paix. Rien
d'odieux, ces taquineries d'agents subalternes
qui vengent leur petit amour propre au nom
de la Morale, qui n'a rien à voir là dedans.
Lisez et relisez les Fleurs, mon cher ami, vous
n'y trouverez rien — que les plaisanteries sur
la poésie et les effets de peur de ce polisson de
Fournier, mouchard de lettres.

Si, contre toute attente (car jusqu'au
dernier moment je me refuserai à croire à
cette chose monstrueuse, une vanité blessée
assez omnipotente pour barrer le chemin à
un honnête homme de lettres,) si, contre toute

attente, le Ministère que vous avez dû voir
à l'heure où je vous écris, refusait l'autorisation
demandée, alors Belgique for ever ! Mais
si vous écrivez une préface, laissez moi écrire
une post face ; c'est mon droit et j'entends
en user. Votre encre sera bonne, mais la
mienne ne vaudra pas moins ; je ferai de ma
plume une botte que j'appliquerai sur le cul
de monsieur Fournier : une estampille que
je ne saurais lui refuser, à cet estampilleur
de livres.

Je crois que Bien assis a fait les démarches
premières ; il ne m'a rien écrit ; en tout cas
ayez l'obligeance de envoyer cette lettre
ci-incluse à Alphonse Daudet. S'il peut
quelque chose (et je le crois) il le fera
volontiers.

Mettez moi au courant, je vous en prie
Poignées de main Cordiales
Alfred Delvau

Du pour des arts
au pour de ketel
(faux, éditeur) a-t-il
paru ?

En attendant, mettez donc pour moi
quelques exemplaires (dont un sur Hollande)
à l'administration thermale (22
Boulevard Montmartre) à cette adresse
M. Wallon, imprimeur à Vichy
c'est mon imprimeur d'ici. — et un bon imprimeur si vous

VII

Peu de jours après, M. Aylic Langlé me faisait prier de passer à son cabinet.

J'allais donc me trouver enfin face à face avec un homme compétent, un lettré, un écrivain qui aurait lu le livre si arbitrairement condamné.

Quelle ne fut pas ma surprise d'être accueilli par ces mots :

« Ah çà, mon cher ami, vous m'avez engagé dans une mauvaise affaire, en ne me prévenant pas qu'il s'agissait d'une autorisation de gravures, chose qui n'est nullement de ma compétence, en ne me disant pas surtout que votre livre était signalé

COMME EXCITANT A LA DÉBAUCHE.

— *Tu quoque*, vous aussi ! dis-je à M. Langlé, vous allez m'opposer cet insupportable refrain ?

Mais, vous au moins, vous savez pourquoi ; car je suppose que vous l'avez lu, ce livre...

— Pourquoi donc l'aurais-je lu ? Du moment que j'ai su qu'il ne pouvait y avoir rien à faire dans votre intérêt, cette lecture devenait inutile.

— Alors la condamnation est irrévocable, et il faut absolument, sous prétexte de morale publique outragée, je ne sais par quoi, ni comment, que je perde les 7,000 francs que j'ai dépensés pour la fabrication de ce volume, sans qu'il m'ait été donné seulement de rencontrer dans mes recours à une justice éclairée un homme qui l'ait lu et qui puisse me renseigner sur les causes de cette condamnation. Je n'ai plus qu'une ressource : mettre le livre en vente à l'étranger, comme faisaient les éditeurs sous l'ancienne monarchie du bon plaisir, en le faisant précéder d'une préface salée, dans laquelle il me suffira, pour édifier le public sur la façon dont sont traités en France les lettres et les lettrés, de raconter les aventures de cette honnête étude de mœurs intitulée : *les Heures parisiennes !*

— Voyons, reprit M. Langlé, ne jetez pas ainsi le manche après la cognée et cherchons ensemble un moyen moins violent de résoudre la difficulté. »

Il me fit lui raconter par le menu tout ce qui m'était arrivé à propos de la publication de mon volume et me dit, après m'avoir écouté attentivement :

« Vous voyez bien que je ne puis *officielle-ment* même avoir l'air de me mêler de cette affaire, ce serait donner lieu à un conflit d'attributions entre M. Juillerat et moi. Mais je puis *officieusement* voir mon collègue du visa des estampes et lui demander si, par amitié pour moi, il ne voudrait pas consentir à accepter quelque biais qui lui permettrait de revenir sur sa décision. Je vous avoue toutefois que ce diable de *signalé comme excitant à la débauche* me chiffonne un peu et ne me laisse pas beaucoup d'espoir. Enfin c'est égal, ayez un peu de patience, et, d'ici à quelques jours, je vous dirai le résultat de ma visite à M. Juillerat. »

Plusieurs longs jours se passèrent, pendant lesquels j'appris de Bénassit que le fameux *comme excitant à la débauche* lui avait été opposé, ainsi qu'à M. Alphonse Daudet, par les puissants à qui ils avaient demandé aide et protection pour le pauvre livre persécuté.

Enfin M. Langlé me fit redemander pour m'annoncer que M. Juillerat consentait à causer de nouveau avec moi de cette affaire, sans toutefois s'engager à la mener à bien, et il me conseilla d'aller le voir le jour même.

Je me rendis aussitôt au quai des Orfévres.

Si j'avais pu croire encore que je finirais par rencontrer là le lecteur et le dénonciateur introuvable des *Heures parisiennes*, j'aurais éprouvé un terrible désappointement, car M. Juillerat se borna à me dire que mon affaire était très-difficile à arranger, attendu qu'elle ne dépendait pas de lui, et qu'il ne savait même pas d'où était venue la note accusatrice.

« Connaissez-vous quelqu'un au Parquet ? me dit-il, après un moment de réflexion.

— Oui, grâce à vous, lui répondis-je, me souvenant de deux dénonciations émanées de son bureau qui m'avaient fait appeler chez des juges d'instruction et mis à même de me convaincre qu'il vaut mieux avoir affaire à la justice qu'à la bureaucratie.

— Au fait, reprit-il comme se ravisant, la chose ne doit pas venir du Parquet, mais bien plutôt de la chancellerie. Connaissez-vous quelqu'un au cabinet du ministre de la justice ?

— Absolument personne.

— Moi j'y ai des relations, et, si vous le voulez, puisque vous tenez tant à publier le volume en question, je pourrai demander des renseignements et savoir si, au moyen de quelque biais, de quelques corrections, on voudrait consentir à ne tenir aucun compte de l'avis défavorable qui a été donné. M'autorisez-vous à faire la démarche ?

— Assurément, ne fût-ce que par curiosité, pour connaître enfin ce qui a pu valoir à cet honnête volume la qualification d'*excitant à la débauche*.

— Eh bien! je verrai si l'on veut bien vous indiquer quelques corrections, que vous feriez *sponta-
nément;* après quoi je pourrais vous donner l'autorisation des gravures : je vous ferai prévenir aussitôt
que j'aurai quelque chose à vous dire. »

IX

En effet, quelques jours après, un employé vint chez moi m'inviter à me rendre au bureau de M. Juillerat.

(Il est à remarquer que, dans toutes ces négociations, il ne me fut pas écrit d'autre lettre que la lettre d'audience de M. de Saint-Paul : *verba volant, scripta manent,* et la bureaucratie est prudente. Chaque fois que je fus mandé, soit chez M. Langlé, soit chez M. Juillerat, ce fut par communication verbale. Je dois pourtant convenir qu'on ne me fit pas prêter serment de ne rien révéler des entretiens dont on voulait bien m'honorer.)

« Voici, me dit M. Juillerat en prenant sur sa table un exemplaire garni d'un nombre assez respectable de signets en papier, les sacrifices qu'on vous demande : d'abord la gravure de *Minuit,* sûr laquelle il faudra faire effacer le petit Amour.

— Mais, objectai-je, cette gravure, déposée isolément au mois de mai, avait été autorisée.

— Vous savez bien que cette autorisation doit être considérée comme non avenue.

— Je comprends, il faut bien qu'on ne soit pas censé ne censurer que des textes. La loi...

— Ce n'est pas moi qui parle. Je ne suis ici qu'un intermédiaire officieux, bienveillant ; du reste, vous êtes libre de refuser la faveur qu'on veut bien vous faire.

— Pardon ! un seul mot : que trouve-t-on d'immoral dans la présence de cet Amour? Rien ne dit que cette chambre où il se trouve ne soit pas une chambre nuptiale, que cet Amour ne préside pas à de légitimes noces. C'est donc vous... pardon, c'est donc le censeur qui commet l'immoralité en proscrivant l'Amour du mariage.

— Prenez garde ; vous savez, si nous discutons ainsi chaque point, nous n'en finirons pas! »

Je n'avais pas moins de hâte d'en finir que M. Juillerat. Je cessai donc de discuter et j'écoutai stoïquement les sept autres décrets d'expurgation rendus par le monsieur introuvable qui avait lu le livre de Delvau.

Je dois toutefois reconnaître que l'administration voulut bien consentir à me laisser vendre tels quels, sans aucune modification, les 200 exemplaires tirés sur papier vergé. Il m'eût été d'ailleurs impossible de refaire un tirage avant la lettre de la planche de *Minuit*.

Voici, par ordre de foliotage, les sept passages dont il fallait que l'auteur se fît lui-même le bourreau :

1º Page 32; — 2º page 62; — 3º pages 76, 77, 78; — 4º pages 92, 93; — 5º page 142; — 6º page 154; — 7º pages 171, 172.

J'écrivis immédiatement à Delvau pour lui faire part des exigences administratives. Il me répondit par le retour du courrier la lettre que voici :

Je me résigne, mon cher Lemer, s'il ne
s'agissait que de mes intérêts, si le livre était
fait à mon compte, je lutterais jusqu'au bout
trouvant immorales les prétentions de moralité
de la Commission, — immorales et bêtes. Je m'y
croirais autorisé par mon droit et engagé par
ma dignité d'homme de lettres. Mais il s'agit
des intérêts d'un autre, et cela rabat ma
superbe. Les Heures paraîtront donc expurgées.
Je suis fâché pour vous, mon cher Lemer,
de tous ces retards qui vous sont si préjudiciables
mais, convenez-en, cela n'est pas de ma faute!
Vous recevrez lundi matin les pages corrigées;
outre qu'envoyées aujourd'hui elles n'eussent pu
être mises en main que lundi, je ne pourrais vous
les envoyer ainsi poste pour poste : il faut
du temps pour recaler tout cela. J'aimerais
mieux avoir à refaire le livre tout entier
Je m'y suis mis ce matin et je n'arrêterai pas
avant que cela ne soit fini. Grande mérite
par cette chaleur ! (Nous sommes dans un
entonnoir ici.)

Ne vous donnez pas la peine inutile de
chercher Benassis. faites effacer par
n'importe qui de chez Delatre ce qu'il y a à

effacer sur la planche de minuit.

J'attends de votre obligeance, pour les premiers jours de la semaine prochaine, la petite somme promise : j'en ai besoin

Une chose dont je vous saurai gré aussi. C'est de m'envoyer ici 6 exemplaires (dont 3 sur Hollande) non expurgés, et le plus tôt que vous pourrez. Vous pensez bien que ce n'est pas pour les mettre dans le commerce. Rendez moi, je vous prie, ce service.

Tout à vous

Alfred Delvau

X

Je reçus en effet le lundi suivant les textes destinés
à être substitués aux pages signalées comme immorales. Je fis faire sept cartons de quatre pages chacun
pour les intercaler dans le livre à la place des cartons
primitifs ; et je priai l'imprimeur Delâtre de me
faire un nouveau tirage de la planche de *Minuit*,
après avoir effacé sur le cuivre le coupable Amour
qui avait offusqué la pudeur du policier littéraire
préposé à la garde des bonnes mœurs.

C'est dans cet état que le livre parut, après plus
de quatre mois de tribulations, au mois de septembre,
en pleine morte-saison, et dans un moment où personne n'y pensait plus.

Paris, 3 juin 1872.

Julien LEMER.

Éditeur.

TEXTES SUPPRIMÉS

ET

TEXTES SUBSTITUÉS

POUR

Satisfaire les exigences des Bureaux.

Voici les textes supprimés : j'ai placé en regard les textes substitués. Telle fut l'œuvre de la censure; le lecteur jugera.

PREMIER CARTON, page 32, ligne 3.

Texte primitif, signalé *comme excitant à la débauche* :

« Exempts de toutes les corvées, exonérés de tous les impôts, affranchis de tous les devoirs, ils descendent gaiement le ruisseau bourbeux de la vie aux bras des chambrières, leurs maîtresses légitimes, — et quelquefois aussi de leurs maîtresses, leurs chambrières morganatiques. Les femmes les plus distinguées ont dans les veines un peu du sang de la *Grande Mademoiselle*, et les laquais les plus respectueux ont au bout des doigts beaucoup de la brutalité du duc de Lauzun....

« Malgré les charmes.... »

Texte évidemment plus vertueux substitué au texte ci-contre :

« Exempts de toutes les graves corvées qui incombent au reste des hommes, affranchis — ces esclaves! — de tous les devoirs sérieux qui font notre misère et notre honneur, à nous autres simples hommes, ils descendent gaiement le ruisseau bourbeux de la vie aux bras des chambrières, leurs camarades de chaîne. Une chaîne de fleurs!

« Oui, si je n'étais mon propre maître, je voudrais être mon domestique; l'indépendance me rend fier, mais l'esclavage me ferait plus content....

« Malgré les charmes. .... »

Deuxième carton, page 62, ligne 3.

Texte primitif, signalé *comme excitant à la débauche* :	Texte agréé par la morale administrative :

« .... De temps en temps on voit sortir, par l'interstice des volets grillagés qui servent de carreaux à ces voitures mystérieuses, une petite main blanche, un petit mufle rose ; c'est Manon Lescaut et ses compagnes qui s'en vont au Dispensaire, et qui, en chemin, se moquent des Desgrieux qu'elles aperçoivent sur le trottoir.

« Les Manon Lescaut de la banlieue de Paris, car celles de l'intérieur de la ville se rendent à pied à la préfecture de police, et c'est même un spectacle curieux pour les moralistes.... »

« ... Sur le siége, un cocher approprié au cheval et à la voiture fume sa pipe, sans plus de souci des voyageurs qu'il conduit que s'ils n'existaient pas.

« Elles existent si peu, en effet, les voyageuses de ces mystérieux et fantastiques coucous ! ce sont les Manon Lescaut de la banlieue qu'un règlement qu'elles n'osent enfreindre appelle chaque semaine dans ces parages. Elles y viennent en voiture ; mais les Manon Lescaut de l'intérieur de Paris s'y rendent à pied, et c'est même un spectacle curieux pour les moralistes.... »

Troisième carton, pages 76, 77 et 78 ; page 76, à partir de la ligne 2.

Texte primitif, signalé *comme excitant à la débauche* :	Texte agréable aux gardiens de la morale publique :

« ... Lauréat du Conservatoire, ex-premier rôle de l'Odéon, et je ne sais plus quoi encore. C'est très-amusant une représentation tragique sur les planches de cette « bonbonnière », — beaucoup plus amusant qu'un vaudeville. J'y ai vu jouer une fois *Andromaque* — sans Andromaque ! Personne ne s'aperçut de l'absence de la femme d'Hector.

« A midi, les petites dames daignent se lever, et elles congédient leurs *maîtresses de piano*.

« C'est à dessein que j'ai souligné ce dernier mot. La maîtresse

« ... Lauréat du Conservatoire, ex-premier rôle de l'Odéon, et je ne sais plus quoi encore, mais en tout cas un homme très-courageux et fort intelligent.

« C'est très-amusant une représentation tragique sur les planches de cette « bonbonnière », — beaucoup plus amusant qu'un vaudeville. Un soir de l'automne dernier, j'y ai vu joner *Andromaque* — sans Andromaque ! On avait supprimé la femme d'Hector comme nuisant à l'action, sans doute, ou peut-être tout simplement parce qu'il n'y avait pas, dans cette petite troupe de piano de la lorette n'est pas en effet ce qu'un vain peuple pense, — une artiste qui donne des leçons de musique à des filles de portière qui voudraient passer pour des filles de duc et pair ; c'est une vieille dame, ou une dame jeune mais laide, ayant quelque orthographe et quelque habileté, qui vient chaque matin chez les petites dames, jolies mais ignorantes, pour leur faire les cors, ou les cartes, — ou leur correspondance.

« C'est l'affaire grave de la matinée, parce que d'elle dépend la journée. La lorette a connu beaucoup de monde, pendant plus ou moins de temps, — pendant un mois, une semaine, un jour, une heure, moins d'une heure quelquefois, mais jamais plus d'un mois ; elle a connu beaucoup de monde et du meilleur, c'est-à-dire du plus riche, celui où l'on ne regrette pas l'argent jeté par les fenêtres et dans les tiroirs des femmes aimables ; ces oiseaux de passage se sont envolés, mais il est impossible qu'ils n'aient pas conservé un souvenir agréable de la cage parfumée où ils ont chanté leurs ariettes amoureuses et aux barreaux de laquelle ils ont laissé quelques plumes de leurs ailes brillantes. Ils ont chanté ; pourquoi ne les ferait-on pas chanter de nouveau ?

« C'est ici que commence le rôle sérieux de la maîtresse de piano.

« Faire les cors, cela soulage ; faire les cartes, cela amuse ; mais faire la correspondance, cela rapporte mieux que Tom, le griffon noir que j'ai donné à Gustave Mathieu. La maîtresse de piano donc le pupitre d'Arthurine sur

d'amateurs, d'actrice qui eût consenti à se charger de cette *panne*, Ils ne veulent jouer que les premiers rôles, les amateurs, et on a beau leur citer l'exemple — devenu classique — de Talma jouant un rôle de deux lignes dans je ne sais plus quelle pièce, ils persistent dans leurs ambitieuses prétentions.

« Ah ! les écoles de déclamation ! Ah ! les théâtres d'amateurs ! Je connais cela ! j'ai été amateur, moi aussi, j'ai été élève ! Cela vous fait sourire peut-être ? Eh bien, moi, ce souvenir me fait pleurer. Ce n'est pas mon temps perdu que je regrette, — la jeunesse en a toujours à revendre, du temps ! — ce sont les folles dépenses de cœur faites à propos d'une aimable petite statue de marbre rose, ma camarade de planches. Sa mère l'amenait chaque soir au cours et ne la quittait pas de son œil vigilant ; intéressée qu'elle était à la conserver pure — comme une poire pour sa soif de billets de banque. Malgré ce dragon, en dépit de sa vigilance, mes camarades et moi nous échangions avec Maria des roucoulements qui n'étaient pas dans le programme, et la mère n'y voyait que du feu. Que de doux chuchotements entendaient chaque soir les arbres en carton de notre petit théâtre ! Que de baisers furtifs entre deux portants ! Maria jouait les ingénues et nous les amoureux, mais nous étions encore plus amoureux qu'elle n'était ingénue, et tandis que nous nous battions à la sortie du cours pour l'honneur de ses beaux yeux, elle filait l'imparfait amour avec un vieil amateur riche qui ne s'était introduit parmi nous les genoux, près du lit où fume nonchalamment Arthurine, et sous les inspirations directes d'Arthurine, confectionne rapidement et correctement cinq ou six épistoles de différents genres, — même du genre ennuyeux, le meilleur souvent. Arthurine connaît sur le bout de son doigt, les goûts, les sentiments, les *faibles*, de ses éphémères amants : celui-ci ne se laisse prendre qu'aux grandes phrases sonores et creuses; celui-là aime les phrases courtes et bonnes; cet autre veut qu'on flatte sa vanité nobiliaire et que, tout en lui passant la main dans les cheveux, on l'entretienne des Croisés ses ancêtres; cet autre veut qu'on vante son cœur, qu'on lui en parle toujours — comme d'un absent; chacun enfin a sa *toquade*, qu'il faut caresser habilement afin d'en tirer quelque chose. Ces lettres — ces traites — rédigées, signées, cachetées, on les envoie à domicile, et on attend les réponses en supputant leur produit probable, le tant pour cent qu'elles pourront rapporter : on a demandé cinq louis au baron de Z..., il enverra peut-être cinquante francs; on a demandé vingt francs au vicomte de C..., il enverra peut-être cinq louis, — et ainsi des autres.

Il y a même des jours où l'on *tape* un ami de cent sous pour payer les courses vaines du commissionnaire. Ces jours-là, la maîtresse de piano et son élève vont déjeuner à la crèmerie, chez la mère Giquet du coin, lorsque Crédit n'est pas mort; si ces mauvaises payeuses l'ont tué, elles se contentent de quelques ronds de saucisson... »

que pour cela... Ah! cette aimable petite statue de marbre rose nous a-t-elle assez fait souffrir tous! — tous, c'est-à-dire le gros Louis, le grand Cyprien, le blond Joseph, et moi, le quatrième compétiteur... Chacun de nous se croyait aimé à l'exclusion des trois autres, et c'était le vieil amateur riche qui seul l'était à l'exclusion de nous quatre! lui seul, il est vrai, avait en sa possession, pour animer cette statue, — de marbre pour nous, — le fameux argument irrésistible... »

« Mais où vais-je m'égarer là? Ce qui m'intéresse tant ne vous intéresse guère; je laisse là mes souvenirs et le petit théâtre de M. Martel, qui les a évoqués.

« A midi, les petites dames daignent se lever et elles congédient leurs maîtresses de piano, qui sont aussi leurs secrétaires intimes — quand elles ne sont pas leurs pédicures. Faire les cors, cela soulage; mais faire la correspondance, cela rapporte — mieux que Tom, le griffon noir que j'ai donné à Gustave Mathieu. Quand donc la maîtresse de piano a confectionné, sous la dictée d'Arthurine, cinq ou six épistoles de différents styles — Aïssé, Lenclos et Sévigné mêlés — adressées à d'anciens amis qu'on a lieu de supposer reconnaissants, elle s'en va, à moins qu'Arthurine ne la retienne pour déjeuner à la crèmerie, chez la mère Giguet du coin, lorsque Crédit n'est pas mort. Lorsque ces mauvaises payeuses l'ont tué, ce pauvre Crédit, elles se contentent de quelques ronds de saucisson... »

QUATRIÈME CARTON, pages 92 et 93; page 92, ligne 18.

Texte primitif, signalé *comme excitant à la débauche :*	Texte accommodé au goût de l'administration :
« Mais où vont ces ordonnances, parties à franc étrier du ministère de la guerre ou de tout autre ministère? Elles se dirigent vers les hauteurs cythéréennes du quartier Bréda, portant d'énormes plis cachetés de cire rouge. Quelles mystérieuses nouvelles politiques contiennent donc ces lettres gigantesques? Rien qu'un petit, tout petit poulet, sur papier rose ou vert, à l'adresse de mademoiselle Castorine, rentière :	« Mais où vont ces commissionnaires qui marchent d'une allure si légère, malgré leurs gros souliers d'Auvergnats? Ils se dirigent vers les hauteurs cythéréennes du quartier Bréda, et s'arrêtent ici et là, où ils déposent discrètement de petits poulets roses ou verts qui contiennent presque tous des tendresses de ce genre, à l'adresse de mademoiselle Peau-de-Satin, danseuse de Mabille, ou de mademoiselle Castorine, rentière pour rire :
« *Cher ange,*	« *Cher ange,*
« *Je serai ce soir à six heures à la Porte-Jaune, avec mon ami Jules. Amène ton amie Julia. Mille baisers!*	« *Je serai ce soir à la Porte-Jaune avec mon ami Jules. Amène ton amie Julia. Mille baisers!*
« *Ton Arthur.*	« *Ton Arthur.*
« On va enlever Madagascar à l'Angleterre.	
« Ils iront aussi quelque jour à la *Porte-Jaune...* »	« Ils iront aussi quelque jour à la *Porte-Jaune...* »

CINQUIÈME CARTON, page 142, ligne 7.

Texte primitif, signalé *comme excitant à la débauche :*	Texte approprié aux exigences des bureaux :
« Qui songerait à les blâmer? Ce n'est pas, en tout cas, ces hardis *suiveurs* qui, chaque soir, vers huit heures, croisent le long des trottoirs de la rue Saint-Martin ou de la rue Saint-Denis, de la rue du Temple ou de la rue Sainte-Avoye, guettant une cornette blanche comme les chasseurs une perdrix rouge. C'est si joli, un bonnet de linge campé sur l'oreille, les brides au vent!	« C'est le spectacle offert par elles chaque soir, vers huit heures, tout le long, le long des trottoirs de la rue Saint-Martin ou de la rue Saint-Denis, de la rue du Temple ou de la rue Rambuteau, aux flâneurs qui guettent une cornette blanche comme les chasseurs une perdrix rouge. C'est si joli un bonnet de linge campé sur l'oreille, les brides au vent! Et puis, malgré

cela annonce presque toujours un minois chiffonné — ou à chiffonner. Et puis, malgré l'astuce naturelle à la femme, c'est si innocent, ce gibier-là, et, en amour, l'innocence est une si savoureuse épice !

« — Mademoiselle, pardon... je crois avoir eu le plaisir de vous voir quelque part... — Monsieur, je vous prie de passer votre chemin... — Vous êtes cruelle... si jeune ! si jolie ? Oh !... — Monsieur, je ne vous connais pas... — On commence toujours par là avant de se connaître... »

l'astuce naturelle à la femme, c'est si innocent, ce gibier-là, si innocent ! et, en amour, l'innocence est une si savoureuse épice !

« — Mademoiselle, pardon... n'ai-je pas eu déjà l'honneur de vous rencontrer quelque part ?... — C'est impossible, monsieur, je n'y vais jamais... — Ah ! vous êtes cruelle ! si jolie, vous devriez être bonne, pourtant ! — Monsieur, je vous prie de passer votre chemin... Je ne vous connais pas !.. — On commence toujours par là avant de se connaître... »

Sixième carton, page 154, ligne 6.

Texte primitif, signalé *comme excitant à la débauche* :

« Un certain nombre de ces papillons de nuit — pourquoi ne pas dire phalènes pendant que j'y suis? — dédaignent les boulevards à cause de la concurrence et se rejettent sur des quartiers moins riches mais plus sûrs. Et puis, il y a des indépendantes, des irrégulières, parmi ces enrôlées volontaires de la grande armée du vice ; il y en a qui, tout en appuyant le bout de leur bottine droite sur le trottoir de la banalité, laissent pendre volontiers leur bottine gauche — côté du cœur — sur le jardin de la fantaisie. On les voit sur le boulevard des Italiens, mais on les rencontre aussi à la brasserie des Martyrs et dans certaines autres buvettes artistiques ou littéraires du quartier. Coralie consent à Camusot, mais elle se réserve Lucien de Rubempré, peintre ou vaudevilleiste, elle se dédommage avec celui-ci des ennuis de celui-là... un vieux levain de grisette ! Cela dure jusqu'au jour où elle comprend... »

Variante plus morale, satisfaisant les exigences administratives :

« Comme tous les papillons de nuit, ces phalènes — pardon ! — vont cogner leur joli petit nez rose à toutes les vitres allumées, petits et grands cafés. On les voit spécialement sur le boulevard des Italiens, leur quartier général, mais on les rencontre aussi à la *brasserie des Martyrs*, au *Rat-Mort*, à la *Nouvelle-Athènes*, et dans d'autres buvettes artistiques ou littéraires du quartier.

« Histoire bien connue, cent fois racontée et toujours à raconter — presque toujours intéressante pour le moraliste. Coralie consent à Camusot, mais elle se réserve Lucien de Rubempré, cet artiste ou ce vaudevilliste. Ne faut-il pas qu'elle se dédommage un peu avec celui-ci des ennuis qui ne manquent jamais de lui arriver avec celui-là ?... un vieux levain de grisette, quoi ! Cela dure tant que cela peut durer, et c'est toujours autant de pris sur l'ennemi — qui est son maître ! Cela dure jusqu'au jour où elle comprend... »

Septième carton, pages 171, 172; page 171, à partir de la ligne 13.

| Texte primitif signalé *comme excitant à la débauche* : | Texte modifié suivant le cœur du censeur introuvable : |

Texte primitif signalé comme excitant à la débauche :

« Il reste une ressource à ces marchandes de jeunesse à qui personne n'a osé acheter dans la soirée au Casino, parce qu'on supposait leur marchandise trop chère : c'est d'aller faire espalier à la porte des cafés des boulevards, où sont déjà installées depuis une heure d'autres jolies détaillantes. Les soupeurs ont besoin de soupeuses : on a des chances *pour être cueillie* — et croquée.

« D'autres marchandes de jeunesse — mais celles-là ne profitent pas de leur vente, qui retourne à une marchande en gros — commencent à rentrer dans les allées obscures d'où elles ont l'habitude de sortir aussitôt le jour tombé. Leurs bottines doivent être fatiguées d'avoir battu le pavé toute la soirée, bien fatiguées ! Pauvres filles, qui ont préféré le vice à la vertu sous prétexte que l'un était plus doux que l'autre ! Plus doux, ce métier qui les expose pendant cinq ou six heures à recevoir le vent ou la pluie, les outrages et les brutalités, sans avoir le droit de protester par un seul geste, de se plaindre par un seul cri ! Plus doux, ce métier de galérienne où il n'y a que la honte à boire ! Ah ! le vice aussi a son travail — qui est un châtiment. Mieux vaut cent fois rester honnête : c'est plus agréable — et cela rapporte davantage.

« Allons, forçates de l'amour banal, il faut rentrer dans le bagne

Texte modifié suivant le cœur du censeur introuvable :

« Pendant que ces petites dames, sorties du Casino ou de Mabille, s'en vont faire espalier à la porte des cafés des boulevards, d'où elles lorgnent les passants et sont lorgnées par eux, — l'heure du souper approche ! D'autres petites dames, les forçates de l'amour banal, lasses d'avoir battu le pavé durant toute la soirée, rentrent enfin dans le bagne auquel elles se sont de gaîté de cœur condamnées. Il est onze heures, c'est l'heure du couvre-feu pour elles, l'heure où peut-être, s'il leur reste encore un peu de cœur, elles vont rentrer en elles-mêmes, réfléchir et pleurer !

« Quelle existence, quand on y songe bien, que celle de ces pauvres filles — perles avant de tomber, et fange après leur chute, c'est convenu — qui ont *préféré le vice à la vertu sous prétexte que l'un était plus doux que l'autre !* Plus doux, ce métier de galérienne où il n'y a que de la honte à boire ! Plus doux ! Ah ! comme elles s'abusent, et que cela leur doit être amer quand elles s'aperçoivent qu'en effet elles se sont abusées et que le travail honnête est encore — et de beaucoup — préférable !

« Ah ! si le retour au bien était possible !

« Pourquoi ne le serait-il pas ? Les marches de l'escalier qu'il faut remonter sont nombreuses, et plus glissantes encore peut-être que celles qui ont provoqué la chute ; mais auquel vous vous êtes de gaîté de cœur condamnées : les gardes-chiourme de la morale et de la préfecture sont là, prêts à vous *emballer pour Saint-Laz.* à la moindre infraction aux règlements !

« Charles Joliet écrit des *ex-dono...* »

lorsqu'on tient sérieusement à reconquérir, avec la sienne propre, l'estime des autres, on ne se décourage pas, on monte, on monte, — et de la nuit du vice on émerge vers la douce lumière de la considération. C'est si bon de n'avoir à rougir de rien dans la vie !

« Charles Joliet écrit des *ex-dono...* »

FIN

www.ingramcontent.com/pod-product-compliance
Lightning Source LLC
LaVergne TN
LVHW050114060726
842524LV00003B/1108